문글씨의 행보

문글씨의 행보

김동임 시집

불고문예

시를 모아놓고

막상 시집 제목을 정하려고 보니

붙여볼 뼈대 한 줄 변변히 없다

부끄러운 허물 한 짐 벗어놓았다

2026년 봄
김동임

차례

2부

내려놓기의 사유와 땅의 상상력

| 황정산(시인, 문학평론가)

1부

다시 와보는 속초 앞바다

백담계곡 물에
손을 씻으려 넣는 순간
물이 뱀처럼 덥석 문다
온몸에 독이 퍼지는 듯 얼얼하다

십여 년 만에 다시 와보는 속초 앞바다
그때 그 물빛이다
서서 물끄러미 바라보고 있노라니
예전의 잘못했던 일들이 선연히 떠오른다
위아래 없이 당돌하게 굴었던,

부끄러움 하염없이 뉘우치고 있는데
파도가 제자리에서 자맥질한다
허물을 묻어주는 것일까

맑게 흐르는 물을 보면
찰박찰박 빨래하고 싶다

문글씨의 행보

붓글씨를 쓴다

땅끝 심지에 닿은 듯
마음엔 아무것도 일렁이지 않는지
거침없이 써 내려간다

네모반듯한 글씨
저 또록또록한 생기의 조합
생生이 고이는 물 같다

이젠 됐어,
습작과 함께 제자리에 묻는다

구불구불 울퉁불퉁 펼쳐지는 길
문마다 어깃장 놓는 행보

아, 틀 속의 슬픈 모습이 보이나 보다
더 이상은 한 발짝도 내디딜 수 없는 절벽인가 보다

스르르 문이 열린다

한 송이 꽃처럼

한 송이 꽃처럼

추사고택으로 향하는데
앞서가는 차가 뒤에 오는 차 앞세우며
느긋하게 온다

오늘은 놀러 가나 보다
아무것도 보지 않고
아무 생각 하지 않아도 되나 보다

차에서 내린 저이
아이처럼 폴짝폴짝 솟을대문에 들어서자
담장이 하르르 벙근다

매화나무에선 다 큰 벌이
뒹굴뒹굴 젖을 빨고 있었다

멀리서 바람소리 들리고
사위 고요하다

한 송이 꽃처럼

추사고택에서 1

'구곡수통다조외句曲水通茶竈外, 노견이서유안명老見異書
猶眼明'

두 점을 따라 쓰다

얼굴에 열이 벌겋게 치솟으면서

힘이 빠져 풀썩 주저앉고 말았다

글씨를 시작한 지 오래지 않아 그런가 보다 했다

오늘 다시 보니

물은 온 적이 없고,

눈엔 티끌이 없는데,

잘 모르겠다

뒤돌아 세한도歲寒圖를 본다

둥그런 문이 담담하다

나팔꽃

축구공만 한 선율旋律뭉치와 탁구공만 한 바람뭉치가
나란히 앉아 있어
　바람뭉치가 후, 불려 하니 선율旋律뭉치가 놀라 훅, 풀
렸어

경음악이 흐르고 있어

낮설지 않은 리듬
물씬 듣고 있는지
온몸이 두드리는 건반이야

저 뭉친 금강석

노랫말
웅얼웅얼

집

출장갈 일이 생기면
하루 이틀 전에 집 청소를 한다
그리고 해야 할 일들을 다 해놓는다
푹 쉬라고
집이 편안해야 출타한 나도 편안하다고

일정을 마치고 터벅터벅 돌아오는데
집이 동구밖까지 마중 나와 있었다
쉬지 않고

별스러운 날

산에 올랐다 내려오는데
갑자기 매운탕이 먹고 싶어진다
생선 종류의 음식은 좋아하지 않는데
속에서 받지 않아 토하곤 했는데
웬일인지 간절하다

내 나이 60,
60은 그냥 나이가 아니란다
넘어지거나 그로 인해 다치는 것이 없도록 조심조심,
몸이 그리 제어를 하는 때란다
좋은 때란다

음식도 함께하자는 걸까

턱, 맡기기

가위눌린 듯 답답하고
숨을 제대로 쉴 수 없어
죽을 것 같은 때 있다네

더 이상은 도망치지 않고
턱, 맡겼다네

어느 시점이었을까
내게서 벗어난 듯 아무것도 없는 사막에
저만치 등 보이며 홀로 걸어가는 이 있었다네

마음이 미리 걱정을 한 것이었네
해야 될 일이면 몸이 다 해주는 것을,
아직 오지 않은 것을,

그때는 바로 너구나! 한다네

저녁달

침묵을 지키던 낮달이
잔 채워 둥실 건배를 제의한다
모여 둥실 건배를 한다

들어와라! 들어와라! 외치는
저 캄캄한 중앙
어떻게 들어가나

밤이 깊다
조용히 마을길 스캔을 한다

시詩

오늘은 자작시 읊기의 날인지
참새들이 나뭇가지에 앉아 왁자하다
저마다의 소리로 누가 듣거나 말거나,

저 소리 귀에서 떠나지 않고 쟁쟁하다

새들의 일상을 들여다본다
먹이 활동하기, 새끼 낳아 기르기, 무리 짓기, 사색하
기……,
나의 일상생활과 크게 다르지 않다

일어나는 일 놓치지 않고
모두 붙잡아 쓴 것이다

발견하고 깨달은 것이 저 소리일 터

나는 언제나 깨달을 것이며
언제 다 쓸 것인가 걱정이다

무제無題

불을 끄는 순간
달이 먼저 침대 위에 눕습니다

시도 써 놓았고
지금은 읽을 책이 없는데

달이 뒤척뒤척,
잠이 안 옵니다

귀뚜라미가 화단을 읽고 있습니다
무슨 꽃이 빠졌는지
군더더기인지 웃자라는 건지
숨 고르며 어렵사리 넘기고 있습니다

골똘한 밤입니다

나락

거두어들이지 않은 서리태 콩 한 포기를 보았다
콩깍지가 빠끔히 열려 해살거린다

내게도 묵은 노트에 떨어져 있는 나락이 있다
늘 다가가지만 아귀 맞지 않아 삐걱대는,

기다리는 것도 시심詩心이라 했던가

오늘도 어쩔 수없이 떨구어 낸
혹독한 외로움과 어둠을 견뎌내야 할
나의 나락, 나의 詩가 있다

단풍기

나무는 잎사귀를 떨구지 않습니다
옹송그려 한데 모읍니다

하늘이 거울처럼 오롯 풍경을 드리우듯
잎사귀가 빙그르 풍경을 드리웁니다

검초록, 몰입의 순간인가요
아무도 차마 들어서지 못합니다

한 권으로 엮어진 시집,
요모조모 다채로운 문장이네요

나무는 수정할 곳이 없는지
보완할 곳은 없는지
나름대로 괜찮은지
남의 시 보듯 합니다

울긋불긋 문고리 푸네요

그래도 되는 줄 알았습니다

절에 가면 걸음씨 춤벙춤벙
바지춤 추썩이며, 코 훌쩍거리며
부처님, 안녕하세요? 꾸벅입니다

눈이 무릎까지 쌓인 산에
혼자 안전장비 없이 깡충깡충 오르던 날
누군가 뒤에서 껄껄껄 산문까지 바래다주셨습니다

느닷없이 여행길에 오르던 날
동서남북 깍지 낀 손으로
둥개둥개 위무해 주셨습니다

바람 무섭게 부는 날
창밖의 풀 한 포기가 선생님 모습으로
잔뜩 화난 채 제스처가 터프합니다
나는 아이같이 까르르 웃습니다

아!
그래도 되는 줄 알았습니다

벤치

화단 앞에 벤치를 만들어 놓았다
커피를 마시며 이야기도 나누고 책도 읽고
되짚어 못 본 생각을 찾기도 한다

오늘은 비가 온다기에 거실 화분을
벤치 앞에 나란히 내어놓았다
스파티필름, 고무나무, 문주란, 관음죽, 천리향, 난 등이
의자에 포옥 기대어 있다

참새가 이쪽저쪽 엿본다

길

직장을 옮길까
고민고민하는데
길이 충고를 한다

썸뻑 선 자르지 않는 거야

길은 모색하지 않는 거야
무르익는 거야
툭, 벌어지는 거야

퇴근길이
함빡
걱정 놓는다

강원도 오대산

산이 반죽인가

누가 통째로 쭈물떡 쭈물떡 뭉친다

빚은 솜씨가 막 쥐었다 놓은 험상이다

이음매 엉성한 진달래처럼

2부

서산 마애삼존불*

손님맞이에

꽂아놓은

화병의

꽃

상원사 동종을 본 듯

남편과 함께 월정사를 둘러보고

상원사 동종을 보러 갑니다

내 마음속엔 퉁소 한 곡조가 연이어 반복 재생되며

길 따라 물 따라 어느덧

절 아래 주차장에 도착했습니다

차가 많아 대형차밖에 주차할 공간이 없어

빙빙 도는 내가 좀 그래 보였는지

남편이 집에 가자 하네요

오늘 야간 근무할 당신 생각도 해달라며,

그보다 혼자 삐졌겠지요

나는 '그래요' 떠밀립니다

우리는 상원사 동종을 본 듯

곰살곰살 내려옵니다

관촉사 은진미륵부처님을 뵙고

관촉사 은진미륵부처님을 뵈러 왔다
공교롭게 몸단장 중이시다
나는 그냥 가기가 영 서운하여 관계자님께
허락을 받고 현장 층계에 오른다

아뿔싸 부처님 전체가 너무 크셔서
이루 다 뵐 수가 없다

그렇지, 무량수 무량광이라 했거늘!
그만 부처님 앞에서 내려온다

일주문 밖 담장 넘어 탐스러운 대추가
손 흔들어 배웅을 하였다

추사고택에서 2

추사선생의 봉분 위에
환약 같은 똥이 몽실몽실하다
엊저녁에 산토끼가 다녀갔구나
지난가을엔 뱀이 허물을 벗어놓고 갔더니,
그들은 이곳에서 충만했나 보다
어느 서예가도 작품 쓰기 하루 전
이곳 묘소 앞에서 한동안 머물다 간다고 하였다

갈데라고는 여기밖에 없는 나는
사당으로 올라가 진영眞影을 바라본다
군더더기 하나 없는 고운 미소가
별뉘처럼 초야에 스민다

햇살이 고우니 꽃이 고우리라

미암사 쌀바위

기도는
노적가리 쌓듯 해야 하느니!
스님이 일러주신 듯

어느 곳 간적 없이
그렇게 이운 자리
새살 돋아난

나 왠지 아련히 그리운 곳이었네

봉정암에* 오르네, 그분들이 있어

한국 사찰 중에 제일 높은 곳에 있다는 봉정암
가야지 가야지 숙제가 된지 오래,
오늘 또 혼자 가네

감사하게도 동행이 되어주는 분들이 있어
이만큼 속도를 낼 수 있었지만 더 이상은
폐가 될까 먼저 보내드리네

해탈 고개에 이르러
날은 어두워지고, 비는 내리고
다리에 쥐가 나고 허기가 지네

왜 이렇게 높은 곳에 절을 지으셨을까
다리를 풀며 터벅거리는데
어느 일행이 갑자기 눈앞에 보이네
안도감과 함께 번쩍 힘이 나는데
저들이 먼저 말을 건네시네
뒤에 오는 사람은 없냐고,

당신들은 셀 수 없이 자주 오는 곳이지만
7시간도 넘게 올라가는 거라 부끄럽다고,

봉정암에 당도하자
그들은 해설사처럼 주변 속속들이 안내를 해주시네

나는 새벽예불을 마치고
또 오게 될지 알 수 없어 기왓장에
가족의 무사 안녕을 기원하고 오네

운판소리

삼천배
몸뚱어리 우그러뜨린,

땡!
땡!
땡!

부끄러운 나는
숨을 곳이 없네

운주사 풍경소리*

물고기가 산을 내려갔는지

풍경소리

구슬처럼

고요하네

운주사 와불

와불의 단

그 위에

좌불의 땅의 단

입불의 허공 단

칠성불의 하늘 단,

늘 그곳에 있는

통도사 범종루 앞에서

오랫동안 가보고 싶었던
먼 통도사에 왔네

꼼꼼히 둘러보고 나니 저녁예불 시간,
범종루 앞에 머무네

땅!
땅!
땅!

천방지축
나대고 있지는 않은지

스님이
정곡을 치시는 듯
아프네

다시는 흘리고 싶지 않은
눈물 보이고 말았네

어느 천불보전 이야기

허름한 그곳에 누군지 알방석에 앉아

오는 이들과 눈을 맞추고 있었다

살며시 손을 만져도 털커덕,

손목을 빼 건네주는 것이었다

놀라 황망히 되돌리지만 손은 요리조리

받치는 받침대와 같아서 얼떨결 건네받게 되었다

그들은 예의 가부좌를 틀고 명상에 들었다

함께하는 일행이 있어서일까

몸은 신발을 벗고 그곳에 앉아 있으나

마음은 집 안마당 가족에게 가 있었으니

그만 가부좌를 풀고 일어서며

다음에 다시 와야겠다! 하였다

보령 신비의 바닷길

그리워하지 못하고 있는 이
꿍, 살고 있는지

여기
입 벌려 온몸에 바다를
불러들인 이의 등이 있다

저기
까맣게 탄 소나무 한 그루
살아 서 있다고

잠깐 그리하라고

안면도 꽃지 할아비바위 일부 무너지던 날

물때 맞춰 가보고 싶다

할미바위 방향에서 빗금 쪄 흘러내려 있었다
둘러보니 발부터 온몸이 엇맞아 있다
사라지면 어쩌나!
기단 벌어진 틈에 맞춘
탑돌 하나 온 마음으로 괴어본다

관계자인 듯 촬영 장비를 멘 이들이 들어서며 내게 건넨다
— 뭐 보고 오세요?
— 저기 무너진 할아버지바위요, 답하자
— 아줌마가 발로 찼지요? 깜짝 놀래킨다
그랬다
꽃지 할아비 할미바위에 대해 시를 쓴 적 있는데
아귀가 맞지 않았다
이처럼 억지를 쓰느라 남편 애상받치게 한 적 한두 번 아
니다
이 같은 무지함이 우지끈, 나비효과였으리라

빨래터집 아주머니의 그날

12월 10일

빨래터집 아주머니 장례식장 가는 날

마당에 노랑나비 한 마리 훨훨 날아다닌다

깔끔하기로 정평이 나 있는 아주머니

삶이 힘드셨을까?

가벼이 달이불 한 채 걷히는 밤이었다

백일홍의 인사

앞마당 초입에 잔디를 캐내고 꽃밭을 만들었다

옆집에서 백일홍 몇 포기 솎아올 요량이다

꽃 중에 이 꽃을 제일 좋아하지만

일 벌이는 걸 싫어하는 내가 웬일로

아이디어를 내고 남의 집에서 얻어오려는 것이다

홍일점처럼 색색으로 자리 잡은 꽃들이

터전의 균형을 이룬 것 같다

목봉으로 울타리를 꾸며놓으니

세상을 얻은 듯 뿌듯하다

오늘은 이웃집과 아침인사를 나누는데

백일홍도 끄덕이며 인사를 한다

좋은 게 좋은 거요!

인생사 오십보백보요!

빈 항아리를 보며

누가 두고 갔을까

옥상 귀퉁이에 항아리 하나 버려져 있다

비어 있어 마치 서 있는 바람 같다

이곳에서 몇 년을 살았을 텐데

마음 한 조각 담기지 못했구나

나도 그런 적 있다

동트기 전 출근하여 밤 이슥해야 돌아오는 삶,

티브이 속 토담집에 피어있는 백일홍을 보고

눈물 주르륵 흘린 적 있다

벼가 심어져있을 들녘만이라도 보고 싶은

그 틈마저 꼭꼭 틀어막은 곳,

그래 고향이다! 봇물 터지듯 낙향한 적 있다

무관하지 않다

까치소리 경쾌하면

앞산에서 까치소리 경쾌하다
집이 쫑긋한다
반가운 손님이 오시려나?

애칭 별미의 텃밭 작물들이 풍작이다
과실나무도 종류별로 먹음직스럽다

농사의 팔 할은 내 것이 아니라는데
이왕이면 마당 떠들썩 오셨으면 좋겠다

3부

콩을 고르다

상 위에 콩 쏟아 놓고
너는 벌레 먹어 못쓸 녀석
너는 성하여 괜찮은 녀석
고르다

너도 시집가서 자식 낳아 키워봐라
마음 넉넉히 써야 하느니라!
어머니 말씀
생각나

너는 공덕을 지었으니 괜찮은 녀석
너는 먼 길 돌아왔으니 괜찮은 녀석
고르네

콩나물로 기를 걸 고르네
두부로 만들 걸 고르네

조금 느긋하게, 좀 더 무심하게

빗방울이 떨어진다

마당에 넌 빨래를 거둬들이니

해님이 방긋이다

천천히 다시 내다 넌다

한데 또 후둑후둑 빗방울 한다

부리나케 나가 거둬들이니

금세 해님이다

그러기를 몇 차례

조금 느긋하면 안 되나

좀 더 무심하면 안 되나

이 정도는 면역력으로 괜찮지 않나

하루해가 회동그랗다

꽃

꽃은
좌충우돌하는 거야

큰 깨달음이었다고 할까
그걸 본인의 입으로
포옥 쏟아내는 거지

소문이 자자해지고,

퀭한 눈자위
그곳엔 바르고 고운 말씀이
켜켜이 쌓여있었던 거야

그때
도리질을 한 거야

아들아,
너도 그래

며느리 맞이하는 날

예식 준비를 마치고
여유의 시간이 있어 새아기와 함께
사진을 찍고 있는데
갑자기 나타난 사람,
오늘 사진을 책임질 기사라 소개하며

"폐백을 생략하셨다고 들었는데
시어머님이 며느리에게 덕담 한마디 하세요?"
셔터 누를 준비로 기다린다

나는 얼떨결
"좋은 꿈을 꾸었단다. 잘 살아갈 거야
우리 가족이 돼줘서 고맙다!" 하였다

말솜씨 참 멋없다

여리디여린 우리 며느리
눈에 눈물이 핑 돈다

조가비

해변을 거닐며
지금 막 문양 완성된 조가비를 줍는다

보석이면서 온몸이 창窓이다
화단에서는 울타리가 되고
현관에서는 은은한 풍경소리가 된다
살림살이도 야무질,

나도 새아기를 맞이하고 싶다
온전히 품기기에 안전한
어여쁜 며느리 보고 싶다

전지

앞마당의 벚나무가 우거져서
전망이 컴컴하다
처음으로 전지를 해보기로 한다

30여 년 변하지 않은 커트 머리
미용사가 깎는 것을 생각하며 쓱싹쓱싹 자르고 보니
얼굴형도 네모, 머리형도 네모, 철옹성이다

측두엽을 과감히 드러내자
굴곡진 주축이 드러난다
중심으로 둥글납작 다듬으며
다 자란 속 가지들을
품 밖으로 가지런히 내보낸다

괜찮은가? 버려놓았다고 할까?
멀찍이 서서 갸웃갸웃 살피는데
옆 동백나무 우뚝 환하다

창마다 멋진 풍경이겠다

나도 다 큰 자식들 멀리 내보내기로 한다

월류봉*

다리에 쥐가 나는 아이

이곳에 달이 머문다

지금은 유유히 흘러야 할 때

대침 꾸욱!

아픔을 느끼지 못한다

오직 흐를 뿐이다

* 충북 영동에 있는 산봉우리.

산은 물레

가야산*이 출렁출렁

깊은 잠망울

눈을 뜨고

안팎 고르고 부드러운 타래

섬섬옥수 옷을 짓는다

꼭 맞는 의복이 자유자재다

새하야니

한 벌 옷이다

* 충남 예산군과 서산시 운산면에 걸쳐있는 산.

바람의자

바람이 분다
나무가 이리 흔들 저리 흔들린다

나무는
바람의 여러모를
둥글게 안으로 새겨 넣었나 보다

나는 자식의 의자
툭하면 털컥, 중심을 잡는다

별난 팬더마우스

팬더마우스 한 마리가 별나다 고 작은 창살 틈을 어떻게 비집고 나왔는지부터가 놀랍더니 겁도 없이 안 다니는 곳이 없다 장애물에 척척 리듬을 탄다 신나는 놀이 기구다 사실 그동안 부단히 연구하고 훈련했다 쳇바퀴에서 떨어진 건 부지기수, 발가락이 바퀴 이음새에 끼어 울 때 여러 번 도와준 적 있었다

오늘은 팬더마우스를 데리고 산책을 한다
녀석에겐 공원이 쳇바퀴만 하고, 꽃사과 한 알이 해바라기만 하겠다

볕마당에서 잘 마른 고추

아버지가 빨간 물고추를 따다 널며
여덟 살 난 딸에게 먹어보라 하나 집어준다
몹시 매울 텐데 말이다
눈 질끈 감고 살짝 베어 무니
오, 맵지가 않고 다디달다

꽃자리 선선하며
단단하게 살라는 뜻이었으리라

지주대 틀 속
기필코 따지지 않는 녀석 있었다

볕마당에서 잘 마른 고추
들고 비춰보니 어느 쪽에도 가깝지 않은
처음 보는 색이다
연출되지 않은 총천연색이다

아버지 말씀

맏며느리는 하늘이 낸다 했으니
큰아들도 마땅히 하늘이 낸 것

함께 일을 추진함에 있어
장남은 양이고
차남은 음이다

차남은 장남에게 묵묵히 힘을 실어주는 것,
그것이 음덕이다
그것이 비중이다

어머니 살림을 정리하며

뒤란에 어머니 살림살이가 있습니다
금이 간 고추장단지, 된장단지, 소금단지며,
여기저기 때우고 호신 항아리에는
오는 손님에게 주시려 한 듯 해묵은
호두, 밤, 대추, 땅콩, 호박고지, 무말랭이 등이
봉지 봉지 채워져 있습니다

꿈속에 오셔서
장독대 닦으시며
뒤란 관리 몸소 보이셨는데,

담장이 허물어져
오늘은 뒤란을 정리하려 합니다
어머니의 유지를 받들지 못하고
많게는 장비에 무참해질 저 초췌함,

어머니 하관식 때 눈물이 나오지 않았는데
산역꾼이 울어라! 하는데도 울지 못했는데
울컥 목이 멥니다

엄마와 귀뚜라미

엄마 방 쪽에서 전화벨이 격하게 울린다
놀라 깨어보니 귀뚜라미소리였다

엄마는 왜 안 받으셨을까
말씀도 잘하시면서
잠도 없으시면서
주무신 걸까

그해 겨울 엄마는
어느 삶 속으로 홀연히 떠나셨다

자식이 염려되어
암암리에 땅을 장만하신 건지

마당 옆 콩밭 한 편
동그랗게 모인 귀뚜라미소리 한층 낮다

어떤 재산

벌어서 땅에다 묻은 큰딸이 여쭙는다
"아버지는 모아놓은 재산이 얼마나 돼요?"
딸의 질문에 먼 산을 바라보며
"음, 둘째는 네가 가르쳤지만
5남매 공부시키고, 결혼시키고,
양식거리 논마지기나 장만했으니
이제 껄을 벗었다
아버지! 하고 불러주는 게 재산 아니냐?"

부추

부추밭이 무성하다

부추밭이 무성하다는 것은

한동안 가보지 않고 무심했다는 것

바로 베어야 한다는 것

지금 다 쓰이지 못한다면

부침개라도 부쳐

이웃들과 너른너른 나누라는 뜻

우수雨水가 오면

우수雨水가 오면
이러고 있어도 되나
요이땅! 이는 몸이다
먼바다로 튕겨나간다

봄바다는
손주를 바라보는 자세다
쉬어 자세다

아무 느낌 없이 터덜터덜 돌아오다
화들짝! 시냇물을 발견하는 일이다
노느라 집에 갈 줄 몰랐던 유년 시절처럼

채우며 졸졸졸
뭉치지 않게, 굳지 않게 흐르는 이곳
멍하니 앉아있어도 좋을 자리다

4부

담배

방에서 나와보니 담배 냄새 훅, 끼치고

남편이 양치를 하고 있다

밖에서 몰래 담배를 피우고 들어온 것이다

끊으세요 끊으세요 해도 안 끊더니

이젠 본인 스스로 끊겠다고,

이제 끊었다고 번복한 게 몇 번인지!

내가 어떻게 도와줘야 할까

밥을 해주지 말까

말을 하지 말까

며칠 떠나있어 볼까 생각하다

흐지부지 정작 하루를 못 넘긴다

그거 하나 빼고는 괜찮은 남편이기 때문이다

밭두둑에 앉아 잠시 쉬고 계신

88세 할아버지가 눈에 들어온다

담배를 태우신다

몸에 해로운 건데, 끊어야 하는 건데

오히려 평안하고 건장한 모습이시다

담배가 너울너울 이로운 맘 도와주는 걸까?

사촌형님

산동네 막다른 집에 사촌형님이 홀로 사신다
산소 가는 길에 잠깐 들렀더니 귀한 동생들이
왔다고 이것저것 먹거리 내오시며 건네는
긴 인사말이 구성지시다
살림살이도 반들반들 신명나신다
마당에는 각종 채소와 꽃들로 환하고
창고에는 산과 들에서 얻은 약용 꾸러미들이 그득하다
서울에서 정년 퇴임하고 내려오신 이곳
척박한 산골생활의 행복이야기,
이 무궁한 자리를 바삐 나오게 되어 아쉽다

마당가에 심어놓은 막 줄기 오르는
산마 한 뿌리를 캐 주신다
나는 이 한 포기에서
한 말을 캘지 반 말을 캘지 모른다

우리 부부

우리는 맞벌이 부부
월급을 합쳐보니 500만 원이 넘었다
이러다가 곧 부자 되겠다
그 돈을 어떻게 관리하나?
덜컥 겁이 난다

내가 직장을 그만두기로 마음먹는다
이것이 나의 건강한 삶이리라
남편도 흔쾌히 동의했다

나는 살림하며 농사일에 열중하고
남편은 틈틈이 일손을 거든다

땅

환갑이 되어서야
조그마한 밭뙈기를 사게 되었다
기대를 하지 못했는데 참 기쁘다

사실 알뜰살뜰한 건 한결같았으나
농사일을 하면서 마음은 다른 곳에 치중해 있었다

남의 터전을 얻어 몸짝 붙여 일한 지 오래되지 않았다
요소는 이것만으로 충분하다는 듯
우주 만물이 조응하여 함께 응원가를 부른 것이리라

땅심인가
불끈!
힘이 솟는다

왜, 좀 더 기다렸어야 한 거니?

며칠 전에 김장 무씨를 심었다
싹이 나온 녀석들은 이미 뿌리를 잡았는데
움이 트지 않은 빈 곳이 많다

이상기온 현상이라
9월인데 날씨가 한여름이다
혹시 해묵은 씨앗을 섞어 심어서
그 녀석들이 더위를 이기지 못한 걸까

그 자리에 다시 씨를 심는다

오늘 아침
갓 나온 새싹이 뽀로통하다

왜, 좀 더 기다렸어야 한 거니?

우리집 바둑이 1

아침에 일어나 밭에 나가보니
산짐승이 내려와 감자밭을 헤집어 놓았다

뛰어가 개집 청소하고 있는 남편에게 보고하며
그물망을 쳐야겠어요? 하니
그만한 일로 울상이냐며 괜찮다고 한다

나는 괜찮지 않고 이래저래 속이 상해
매여있는 바둑이한테 하소연한다

바둑아, 엊저녁에 산짐승이 밭을 다 절단내놨어!
부리부리 눌러듣고는 어쩌냐고 꼬리를 흔든다

그래도 위로가 된다

우리집 바둑이 2

바둑이가 폐질환이란다

며칠을 앓고 나더니

밥도 잘 먹고 잘 웃고 잘 짖기에

이젠 살아났구나, 안심했는데

오늘 결국 죽었다

8살, 같이 살아온 세월이다

생각해 보니 아픈 때는

불러도 꼼짝을 못 했거나

어느 땐 안 아픈 듯이 쳐다보았으며

어느 날은 서서 죄인처럼 고개를 들지 못했다

깡마른 육신

눈을 뜬 채 죽었다

반려견을 '장군이'라 부르시네

어르신 댁 정기 방문을 와서
대상자 어르신과 똑 닮은 반려견을 보네
어르신은 반려견을 '장군이'라 부르시네

장군이는 보호자처럼 진중히 앉아
내 서류의 이야기를 듣고 있었네

나는 얼쯤했네
어정쩡한 중간 관리자인
나보다 낫구나!

그러고 보니
나도 요양보호사로 근무하며 어르신을 케어할 때
참 예뻐졌다는 말을 들어본 것 같네

할아버지와 강아지의 경주

할아버지는 또 할머니의 말을 듣지 않고

신발을 벗은 채 밭일을 하나 봅니다

강아지가 슬리퍼를 물고 달아납니다

할아버지가 냅다 뛰어나오며

야! 야! 야! 이리 내놔!

야, 너 이리 안 내놔!

고함치며 뒤뚱뒤뚱 쫓아갑니다

강아지는 제 몸만 한 슬리퍼를 물고

꼬리 바짝 세우고 두 귀 쫑긋

종종종종 뜁니다

나는 강아지 편입니다

신작로도 짝짝짝 응원합니다

마음 한 곳에 있다는

무릎에 침 맞고 있는 할아버지가
뭐라고 뭐라고 말씀하신다
간호사가 얼른 뛰어가
"부르셨어요?" 여쭈니
"아녀, 우리끼리 하는 얘기여!" 하고는
다시 다른 나라의 언어로
또랑또랑 말씀 나누신다

하늘과 땅이 마음 한 곳에 있다는
할아버지는 용케도 친구를 사귀셨나 보다

올무

바둑이랑 산책을 하는데 올무에 목이 걸린 고라니가 나무에 얽혀 꼼짝 못 하고 있다 이런 때 가까이 가면 숨어있는 송곳니로 문다고 하여 집에 가서 긴 장대의 전지가위를 가져오니 도망치려다 마저 목이 조여 죽어있었다 다시 필요한 도구를 가져와 수습하지만 와야줄은 끊어내지 못하고 묻어준다 그사이 바둑이가 올무에 걸려 버둥거리고 있었다 너도 죽는구나! 남편에게 긴급 전화를 하고 나는 바둑이가 움직이지 못하게 꼭 붙잡고 있었다 남편이 뛰어와 올무 줄을 쭉 늘린다 줄이 목에서 쑥 빠진다
  아, 자물쇠 없는 문고리였다

나도 화가 나서 칼날 같은 말을 뱉은 적 있다
자물쇠 없는 이 문고리를 철컥철컥 열 수는 없는 걸까?

부정不淨

안마당 화단이 답답하고 어수선하다
그때그때 가꾸지 않은 탓이다
우선 꽃 진 튤립을 정리하고
석류나무와 목단 잔가지를 잘라낸다
한데 이 위험천만한 곳에 새의 둥지가 있었다
하늘색 두 개의 알이 놓여 있다
나는 하늘 뻥 뚫린 둥지 속 새알을 덥석 쥐어본다
순간 엄마의 말씀이 떠올랐다
새알을 만지면 부정不淨타서 어미 새가 오지 않는다고,
어쩌나? 하지만 해코지하려는 게 아니었으니
다시 와주기를 간절히 바라며 무심한 척 관망했다
며칠이 지나도 어미 새는 오지 않았다
하는 수없이 알이 온전한가 만져보니
곯아서 힘없이 부서져버린다
구겨진 인조견처럼

아기새 이야기

날지 못하는 아기새 두 마리가

어디에서 떨어졌는지 어미를 찾고 있다

한나절쯤 부르고 있는데 어미새는 오지 않는다

이러다 죽을 것 같다

어디다 놓으면 살 수 있을까

안고 다니며 여기저기 앉혀보지만

놓는 곳마다 서로 흩어져 숨어버린다

급기야 화단에서 눈을 감고 쓰러지듯 웅크린다

죽나 보다!

누구한테 물어봐야 하나 궁리하다

옳지, 벌레라도 먹이려 흙을 뒤적이고 있는데

어느새 바깥마당으로 가 무엇을 쪼아먹고 있는 게 아닌가

총총총 뛰기도 하다 포르르 날아간다

참새

아기새 한 마리가 날기를 시도하다
길 한복판에 떨어졌나보다
엄마아빠 새가 주위를 맴돌며
부지런히 먹이를 물어다 주고 있다
그러는 어미새가 아기새만 하다

나가서 안전지대로 옮겨주다 보니
다리를 다쳤는지 절뚝거린다
엄마아빠 새는 눈을 떼지 못하고 있다
그곳으로 먹이를 물어다 주었다

저녁 어스름해지고, 어미 새들이 눈높이에서
포로롱포로롱 날갯짓 쇠북이다
날아보라고, 이렇게 날아보라고
이것밖에는 할 수 없다고,

푸드덕푸드덕 발 따로 날개 따로다
이상히 여긴 바둑이가 다가가더니

못 본 척 살며시 돌아선다

오늘은 고양이들도 보이지 않았다

하늘이 넘기라는 듯

새

창문에 쿵, 받히는 소리가 나 밖을 내다보니 새 한 마리
가 쓰러져 있다 곧 일어나 날아가겠지 싶었는데 숨이 잦
아들고 있었다 뛰어나가 가슴에 손을 얹어 콩닥콩닥 호
흡을 도와주니 눈에 생기 돌며 사방을 둘러본다 괜찮은
가 보다 한데 내 손에서 떠나려 하지 않는다 많이 아프고
놀랐을 것이다 안마당 화단으로 데리고 가 살포시 앉혀
놓고 들어온다 한참 후에 나무 위로 날아올랐다

오늘은 詩가 와서 기쁜 날이다

거짓 같군!

비설거지를 하고
방금 비가 쏟아졌는데
달이 보이네

거짓 같군!

달 사이에 걸친 구름이
도리도리하네

하지 무렵

오후 4시 3분
뻐꾸기가 뻐뻐꾹뻐꾹뻐뻐꾹뻐뻐꾹
소란하게 잠을 깨웁니다

하나둘셋넷!
둘둘셋넷!
오목눈이가 구령하며
산새들이 체조를 시작합니다

나도 이제
빨래 거둬들이고
새참을 먹고
밭에 나가 봐야 할 시간입니다

내려놓기의 사유와 땅의 상상력

내려놓기의 사유와 땅의 상상력

황정산(시인, 문학평론가)

1. 들어가며

우리는 대개 욕망을 버리지 못한 채 하루를 산다. 더 얻고, 더 높이 오르고, 더 인정받고, 더 늦지 않으려 애쓰는 동안 마음은 자꾸만 붙잡을 것을 찾는다. 문제는 이런 욕망 그 자체가 아니라, 욕망이 이렇게 집착으로 고착되어 가는 속도다. 집착은 세계를 내 뜻대로 만들려는 습관이 되고, 습관은 결국 자기 자신을 조여 오는 굴레가 된다. 불교가 말하는 고苦의 핵심도 여기에 닿아 있다. 내 것, 내 계획, 내 기대를 움켜쥐는 순간, 삶은 즉시 고해의 바다가 된다. 이런 집착의 굴레에서 벗어나도록 불교에서는 '내려놓기', 즉 '방하착放下著'을 가르쳐 왔다. 또한, 하이데거가 '내맡김Gelassenheit'이라는 용어를 제기할 때 그가 겨냥한 것도, 세계를 지배하려는 의지의 과잉을 잠시 풀어놓고 사물과 타자를 있는 그대로 두는 태도이다.

김동임 시인의 시 쓰기는 바로 이런 내려놓고자 하는 노력의 과정이라 할 수 있다. 그런데 그의 시에서 '내려놓기'나 '내맡김'은 관념으로만 존재하지 않는다. 몸의 감각, 일상의 장면, 순례의 걸음으로 내려앉아 있다.

이를 가장 잘 보여주는 작품이 「턱, 맡기기」다. "가위 눌린 듯 답답하고/ 숨을 제대로 쉴 수 없어/ 죽을 것 같은 때"에 화자는 "더 이상은 도망치지 않고/ 턱, 맡겼다네"라고 말한다. 숨이 막히는 순간에 대처하는 방식이 회피가 아닌 '내맡김'이라는 선언이다. 더 인상적인 대목은, 그 불안을 바깥의 적으로 돌리지 않는 태도다. "마음이 미리 걱정을 한 것이었네/ 해야 될 일이면 몸이 다 해주는 것을"이라며, 애초에 자신을 압박한 것은 현실보다 앞질러 한 걱정의 마음이었음을 인정한다. 이 시집의 시들은 이런 식으로, 우리를 괴롭히는 것을 외부의 소음으로만 설명하지 않는다. 그 소음이 내 안에서 만들어지는 방식을 조용히 보여준다.

또 하나 생각해야 할 점은 이 시집에서 내려놓기는 금욕적 고행이 아니라 고요와 행복으로 이어지는 실천이라는 점이다. 김동임 시인이 자주 건져 올리는 행복은 거창한 성취에서보다는 "오늘은 詩가 와서 기쁜 날이다"(「새」)처럼 작은 생명의 회복과 연결된다. 이 시집의 고요는 비어 있음이면서도 동시에 불필요한 것을 덜어내고 남은 자리에서 생기는 맑은 울림이다. 그래서 이 시집 『문글씨의 행보』는 '낮은 목소리로 얻은 고요의 미학'을 통해, 내려놓기를 단지 윤리적 덕목만이 아니라 삶의 기술로 제시한다.

김동임 시인의 시들에 좀 더 깊이 다가가 보자.

2. 내려놓고 내맡기기 위한 낮은 시선

　김동임 시인의 시선은 자주 아래로 내려간다. 아래로 내려간다는 것은 낙담이나 자기비하를 뜻하지 않는다. 이 시집에서 '아래'는 현실과 사유가 만나는 자리다. 가장 먼저 만나는 것은 땅, 작물, 마당, 콩밭, 낙엽, 조가비 같은 것들이다. 화려한 사건보다, 손이 닿는 거리의 사물과 생명들이 시의 중심으로 들어온다. 가령 다음과 같은 시를 보자.

거두어들이지 않은 서리태 콩 한 포기를 보았다
콩깍지가 빠끔히 열려 해살거린다

내게도 묵은 노트에 떨어져 있는 나락이 있다
늘 다가가지만 아귀 맞지 않아 삐걱대는,

기다리는 것도 시심詩心이라 했던가

오늘도 어쩔 수 없이 떨구어 낸
혹독한 외로움과 어둠을 견뎌내야 할
나의 나락, 나의 詩가 있다

―「나락」 전문

이 시에서 시인은 "거두어들이지 않은 서리태 콩 한 포기"를 본다. "콩깍지가 빠끔히 열려 해살거린다"는 묘사는 소박하지만 생생하다. 수확하지 못한 채 남겨진 것, 제대로 마감하지 못한 것, 삶에서 "늘 다가가지만 아귀 맞지 않아 삐걱대는" 어떤 잉여의 존재가 떠오른다. 화자는 그것을 "묵은 노트에 떨어져 있는 나락"으로 옮겨 심는다. 여기서 '나락'은 곡식의 낱알이면서, 동시에 자신의 미완과 외로움이 응결된 단위다. 또한 가장 밑바닥에 처한 상황이기도 하다. 그리고 시인은 "오늘도 어쩔 수 없이 떨구어 낸/ 혹독한 외로움과 어둠을 견뎌내야 할/ 나의 나락, 나의 詩가 있다."라고 말한다. 내려놓기는 모든 것을 버리는 행위로 끝나지 않는다. 오히려 버리지 못한 것을 정직하게 확인하고, 그것과 함께 견디는 삶의 방식으로 나타난다. 이 시집의 낮은 시선은 바로 이런 아래에 놓인 것들을 응시한다. '남은 것' '떨어진 것' '삐걱대는 것'을 시인은 결코 외면하지 않는다.

「길」에서도 비슷한 태도가 반복된다. 직장을 옮길까 "고민고민"하는 화자에게 길이 충고한다. "길은 썸뻑 선 자르지 않는 거야/ 모색하지 않는 거야/ 무르익는 거야/ 툭, 벌어지는 거야."라는 구절이 그것이다. 여기서 볼 수 있는 것은 결단의 미학이 아니라 숙성의 미학이다. 당장 칼로 자르는 방식의 결론보다는 시간이 도착해 알려주는

방식의 결론을 믿는다. 그리고 마지막에 "퇴근길이/ 함
빡/ 걱정 놓는다"고 쓴다. 걱정을 해결했다고 말하지는
않는다. 시인은 걱정이 내려앉아 놓이는 순간을 포착한
다. 이 미세한 차이가 중요하다. 김동임 시인의 세계에서
내려놓기는 의지의 승리에서 얻어지는 것이 아닌, 삶이
스스로 정돈되는 리듬을 받아들이는 데에서 가능하다.

    백담계곡 물에
    손을 씻으려 넣는 순간
    물이 뱀처럼 덥석 문다
    온몸에 독이 퍼지는 듯 얼얼하다

    십여 년 만에 다시 와보는 속초 앞바다
    그때 그 물빛이다
    서서 물끄러미 바라보고 있노라니
    예전의 잘못했던 일들이 선연히 떠오른다
    위아래 없이 당돌하게 굴었던,

    부끄러움 하염없이 뉘우치고 있는데
    파도가 제자리에서 자맥질한다
    허물을 묻어주는 것일까

    맑게 흐르는 물을 보면
    찰박찰박 빨래하고 싶다
               — 「다시 와보는 속초 앞바다」 전문

이 시는 낮은 시선이 삶의 윤리가 되는 대표적 장면을 보여준다. 백담계곡에서 손을 씻으려는 순간 "물이 뱀처럼 덥석 문다"는 도입은 몸의 감각을 확 끌어당긴다. 차가운 물의 얼얼함이 "온몸에 독이 퍼지는 듯" 번질 때, 이어지는 속초 바다의 장면은 물빛과 기억을 겹치게 한다. "그때 그 물빛" 앞에서 화자는 "예전의 잘못했던 일들이 선연히 떠오른다/ 위아래 없이 당돌하게 굴었던,"이라고 적는다. 이때 바다는 반성의 거울이 된다. 그러다 "파도가 제자리에서 자맥질한다/ 허물을 묻어주는 것일까"라고 묻는데, 이 질문은 심판을 요청하지 않는다. 오히려 덮어주고 흘려보내는 자연의 섭리를 배운다. 마지막의 "맑게 흐르는 물을 보면/ 찰박찰박 빨래하고 싶다"는 결론은 무척 아름다운 이미지를 떠올리게 한다. 삶의 죄책은 추상적 사과로 씻기지 않는다. "빨래"처럼 구체적인 노동의 이미지로, 다시 말해 일상의 실천을 통해서만 가능한 일이다. 내려놓기의 태도는 이렇게 시작된다.

그리고 이 시집의 시들에서 시인은 이런 태도를 가족 관계에서까지 유지한다. 「조가비」에서 화자는 조가비를 "보석이면서 온몸이 창"이라고 부르며, 집안의 여러 자리에서 조가비가 "울타리"와 "풍경소리"로 기능하는 모습을 떠올린다. 사물 하나를 잘 쓰고 잘 두는 일은, 가족을 잘 품는 일과 연결된다. 그래서 갑자기 "나도 새아기를

맞이하고 싶다/ 온전히 품기기에 안전한"이라고 고백한
다. 여기서 내려놓기는 독선적 태도나 초월적 달관이 아
니라, 가족을 안전하게 품기 위해 자기를 조절하는 기술
이다. "어여쁜 며느리 보고 싶다"는 소망 역시 감상적 문
장이기 전에, 또 다른 존재를 환대하여 한 가족이 되려는
내려 놓기의 마음이다. 이렇게 이 시집의 시들에서 가족
애는 대단한 윤리나 도덕으로 강요되기보다는 작은 물건
하나를 다루는 방식처럼 조용하고 구체적인 방식으로 우
리의 감각에 각인된다.

3. 순례를 통해 얻은 고요의 경지

이 시집 『문글씨의 행보』에는 절과 산, 바다, 고택으로
이어지는 여행에서 얻은 시상이 많다. 그런데 이 여행은
김동임 시인에게는 순례에 가깝다. 순례는 어떤 목적지
에 도착해 사진을 남기는 관광이 아니라 걷는 동안 자기
마음의 소음을 덜어내는 구도의 과정이다. 김동임 시인
은 그 과정을 낮은 음성으로 기록한다. 이를테면 다음의
시를 보자.

기도는
노적가리 쌓듯 해야 하느니!
스님이 일러주신 듯

어느 곳 간 적 없이
그렇게 이운 자리
새살 돋아난

나 왠지 아련히 그리운 곳이었네
— 「미암사 쌀바위」 전문

이 시에서 "기도는/ 노적가리 쌓듯 해야 하느니!"라는 문장은 스님의 가르침이다. 기도는 단번의 도약이 아니라, 매일의 반복을 통해 쌓이는 일이라는 뜻이다. 이어서 "어느 곳 간 적 없이/ 그렇게 이운 자리/ 새살 돋아난/ 나 왠지 아련히 그리운 곳"이라고 말할 때, 순례는 지리적 이동보다 내면의 회귀가 된다. 한 번도 가본 적 없는 장소가 그립다는 역설은, 인간이 본래 알고 있는 고요의 형태가 있으며 그 고요가 어떤 장소를 통해 재인식된다는 사실을 암시한다. 이렇게 볼 때 그리움이야말로 이 시가 도달하려는 고요의 다른 이름이다.

다음 시 「운주사 풍경소리」는 더 절제되어 있다.

물고기가 산을 내려갔는지

풍경소리

구슬처럼

고요하네

　　　　　　　　　　　　　── 「운주사 풍경소리」 전문

　운주사 대웅전에는 풍경이 없다는 주석이 붙어 있음에도, 오히려 풍경소리가 들린다. 이것은 실재의 소리가 아니라 고요가 만들어내는 청각의 환청이다. 소리가 없기에 더 선명해지는 소리, 비어 있음이 만들어내는 울림이 있다. 이 시집의 시들이 말하는 고요는 침묵이 아니다. 그것보다는 소리와 침묵의 경계에서 감각이 맑아지는 상태를 말한다고 할 수 있다.

　「통도사 범종루 앞에서」에서 시인은 "땅!/ 땅!/ 땅!" 하고 울리는 소리를 듣고 스스로를 돌아본다. "천방지축/ 나대고 있지는 않은지"라는 자책은 단순한 반성이기보다는 수행의 언어다. 이어서 "스님이/ 정곡을 치시는 듯/ 아프네"라고 쓸 때, 고요는 편안함만을 주지 않는다. 고요는 때로 정곡을 찌르는 고통을 동반한다. 그리고 자신이 흘려보냈던 눈물을 "다시는 흘리고 싶지 않은" 마음이 터져 "눈물 보이고 말았네"라는 아이러니한 깨달음에 도달한다. 내려놓기는 감정을 제거하는 일이 아니다. 감정을 숨기지 않고, 감정이 생겨나는 자리에서 자신을 정직하게 바라보는 일이다.

　다음 시 「한 송이 꽃처럼」의 순례는 더 일상에 다가와
있다.

　　추사고택으로 향하는데
　　앞서가는 차가 뒤에 오는 차 앞세우며
　　느긋하게 온다

　　오늘은 놀러 가나 보다
　　아무것도 보지 않고
　　아무 생각 하지 않아도 되나 보다

　　차에서 내린 저이
　　아이처럼 폴짝폴짝 솟을대문에 들어서자
　　담장이 하르르 벙근다

　　매화나무에선 다 큰 벌이
　　뒹굴뒹굴 젖을 빨고 있었다

　　멀리서 바람소리 들리고
　　사위 고요하다

　　한 송이 꽃처럼

—「한 송이 꽃처럼」 전문

추사고택으로 가는 길, 앞차가 뒷차를 앞세우며 느긋하게 가는 장면에서 화자는 "오늘은 놀러 가나 보다/ 아무 것도 보지 않고/ 아무 생각 하지 않아도 되나 보다"라고 쓴다. 이 문장은 단순한 휴식을 표현한 것이 아니라, 생각의 과잉을 내려놓자는 선언에 가깝다. 이어 "아이처럼 폴짝폴짝 솟을대문에 들어서자/ 담장이 하르르 벙근다"는 장면은 세계가 갑자기 가벼워지는 순간을 보여준다. "매화나무에선 다 큰 벌이/ 뒹굴뒹굴 젖을 빨고 있었다" 같은 구체성은 순례의 핵심이 관광지에서 보고 알게 된 정보에 있는 것이 아니라 시인으로서 자신의 감각의 회복임을 말해준다. 고요는 멀리서 들려오는 "바람소리"와 "사위 고요" 속에서, 결국 "한 송이 꽃처럼"이라는 한 문장으로 피어난다. 여기서 그 꽃은 시의 비유가 아닐까 짐작해 볼 수 있다. 시 쓰기처럼 고요는 완성의 결과라기보다, 한 순간의 생생한 비유로만 감각된다. 그 순간을 느낀다는 것은 한 송이 꽃을 피우는 것처럼 아름다운 일이다.

4. 자연에서 배우는 땅의 상상력

이 시집의 중심에는 "땅"이 있다. 땅은 단순한 배경이 아니라, 김동임 시인의 상상력이 물질로 구체화된 질료이며 형식이기도 하다. 바슐라르가 말한 '물질적 상상력' 처럼, 시적 상상은 공중에 뜨지 않고 흙과 물, 나무와 바

람 같은 원소에 기대어 생겨난다. 김동임 시인은 특히 땅
과 나무를 통해 앞서 말한 '내려놓기'를 배운다.

환갑이 되어서야
조그마한 밭뙈기를 사게 되었다
기대를 하지 못했는데 참 기쁘다

사실 알뜰살뜰한 건 한결같았으나
농사일을 하면서 마음은 다른 곳에 치중해 있었다

남의 터전을 얻어 몸짝 붙여 일한 지 오래되지 않았다
요소는 이것만으로 충분하다는 듯
우주 만물이 조응하여 함께 응원가를 부른 것이리라

땅심인가
불끈!
힘이 솟는다

―「땅」 전문

이 시에서 화자는 "환갑이 되어서야/ 조그마한 밭뙈기
를 사게 되었다"고 말한다. 기대하지 못했는데 "참 기쁘
다"는 고백은 소박하지만 깊다. 이어서 "알뜰살뜰한 건
한결같았으나/ 농사일을 하면서 마음은 다른 곳에 치중
해 있었다"는 문장은 삶의 우회와 지체를 인정한다. 이
럴 때 땅은 늦게 도착한 기쁨이다. 그런데 그 늦음이 부끄

럽지 않다. 오히려 "우주 만물이 조응하여 함께 응원가를 부른 것이리라"는 문장에서, 땅을 갖는 일이 개인의 소유욕의 결과이기보다 세계와의 조응에서 온 것으로 변한다. 마지막의 "땅심인가/ 불끈!/ 힘이 솟는다"는 구절은 분명하다. 이 시집에서 땅은 소유의 대상이 아니고, 다시 살아갈 힘을 주는 근원적 생명력이고 삶을 지탱하는 지지대이다.

앞마당의 벚나무가 우거져서
전망이 컴컴하다
처음으로 전지를 해 보기로 한다

30여 년 변하지 않은 커트 머리
미용사가 깎는 것을 생각하며 쓱싹쓱싹 자르고 보니
얼굴형도 네모, 머리형도 네모, 철옹성이다

측두엽을 과감히 드러내니
굴곡진 주축이 드러난다
중심으로 둥글납작 다듬으며
다 자란 속 가지들을
품 밖으로 가지런히 내보낸다

괜찮은가? 버려놓았다고 할까?
멀찍이 서서 갸웃갸웃 살피는데
옆 동백나무 우뚝 환하다

창마다 멋진 풍경이겠다
나도 다 큰 자식들 멀리 내보내기로 한다
—「전지」 전문

자연을 소재로 한 이 시는 내려놓기의 가장 설득력 있는 비유다. 우거진 벚나무를 쳐내며 화자는 "30여 년 변하지 않은 커트 머리"를 떠올린다. 가지를 자르자 "얼굴형도 네모, 머리형도 네모, 철옹성"이 된다. 여기서 중요한 건 '망쳤다 혹은 성공했다'가 아니다. 전지의 과정에서 "측두엽을 과감히 드러내니/ 굴곡진 주축이 드러난다"는 대목처럼, 덜어냄은 숨겨진 구조를 보이게 한다. 그리고 더 깊은 사유는 그 뒤에 온다. "창마다 멋진 풍경이겠다/ 나도 다 큰 자식들 멀리 내보내기로 한다"는 마지막 구절에서 전지는 나무만의 일이 아니다. 부모의 마음도 전지해야 한다. 자식을 붙잡으려는 집착을 내려놓는 것이야말로, 이 시집의 시들이 말하는 가족애의 실천으로서 내려놓기의 자세다. 사랑은 붙잡는 힘으로만 존재하지 않고, 보내는 힘으로도 존재한다.

「바람의자」도 흥미롭다. "바람이 분다/ 나무가 이리 흔들 저리 흔들린다"는 흔한 풍경에서 화자는 나무가 "바람의 여러모를/ 둥글게 안으로 새겨 넣었나 보다"라고 말한다. 흔들림을 저항이 아니라 기록으로 바꾸는 시선이다. 그리고 자신을 "자식의 의자"라고 부르며 "툭하면 털컥, 중심을 잡는다"고 쓴다. 의자는 흔들리는 아이를 받치는 자리다. 하지만 의자는 바람을 막지 않는다. 바람을 없애는 대신, 중심을 잡아 준다. 이것이 내려놓기의 지혜이다. 세상을 통제하려 들지 않고, 흔들림 속에서 넘어지지 않게 돕는 태도이다. 가족에게도 바로 이런 지혜가 필요하다.

다음 시에서는 땅의 상상력이 상실의 서사를 떠올리게 한다.

엄마 방 쪽에서 전화벨이 격하게 울린다
놀라 깨어보니 귀뚜라미소리였다

엄마는 왜 안 받으셨을까
말씀도 잘하시면서
잠도 없으시면서
주무신 걸까

그해 겨울 엄마는
어느 삶 속으로 홀연히 떠나셨다

자식이 염려되어
암암리에 땅을 장만하신 건지

마당 옆 콩밭 한 편
동그랗게 모인 귀뚜라미소리 한층 낮다
　　　　　　　　　　　　—「엄마와 귀뚜라미」 전문

전화벨 소리인 줄 알았던 것이 귀뚜라미였고, 그해 겨울 엄마는 "어느 삶 속으로 홀연히 떠나셨다." 여기서 상실은 끝이 아니다. "자식이 염려되어/ 암암리에 땅을 장만하신 건지"라는 구절이 우리의 마음에 파문을 일으킨다. 어머니는 죽음 이후에도 '땅'의 형태로 남는다. "마당 옆 콩밭 한 편/ 동그랗게 모인 귀뚜라미소리 한층 낮다"는 결말은, 땅이 슬픔을 품는 방식까지 보여준다. 이 시집의 땅은 기쁨의 근거이면서, 상실을 감당하게 하는 조용한 정서의 저장고라 할 수 있다.

「다시 와보는 속초 앞바다」에서 물이 죄책을 불러오고 씻어 내리려는 욕망을 만들었다면, 「땅」과 「전지」에서 땅과 나무는 삶의 구조를 다시 짜게 한다. 물이 '흘려보냄'의 윤리라면, 땅은 '버팀'의 윤리다. 김동임은 이 두 원소를 오가며 내려놓기의 두 얼굴을 마련한다. 하나는 씻어내는 힘, 다른 하나는 지탱하는 힘이다.

5. 낮은 목소리로 말하기

김동임 시인의 시의 미덕은 주제나 메시지를 크게 외치지 않는 데 있다. 이 시집의 목소리는 대체로 낮고, 문장은 짧고, 결론은 과장되지 않는다. 그 낮음은 미학이자 지혜이다. 큰 목소리는 쉽게 남을 심판하고 쉽게 자신을 미

화한다. 반대로 낮은 목소리는 자기의 어둠과 약함을 숨기지 못한다. 그래서 더 믿을 수 있고 그만큼 더 설득력이 있다. 이 시집의 표제시 「문글씨의 행보」가 이를 상징적 잘 보여준다.

붓글씨를 쓴다

땅끝 심지에 닿은 듯
마음엔 아무것도 일렁이지 않는지
거침없이 써 내려간다

네모반듯한 글씨
저 또록또록한 생기의 조합
생生이 고이는 물 같다

이젠 됐어,
습작과 함께 제자리에 묻는다

구불구불 울퉁불퉁 펼쳐지는 길
문마다 어깃장 놓는 행보

아, 틀 속의 슬픈 모습이 보이나 보다
더 이상은 한 발짝도 내디딜 수 없는 절벽인가 보다

스르르 문이 열린다

―「문글씨의 행보」 전문

"붓글씨를 쓴다/ …/ 거침없이 써 내려간다"는 도입은 확신해 차 있다. "네모반듯한 글씨/ 저 또록또록한 생기의 조합/ 생이 고이는 물 같다"는 찬사는, 바르게 쓰는 것에 대한 기쁨을 드러낸다. 그런데 곧바로 "이젠 됐어,/ 습작과 함께 제자리에 묻는다"라고 한다. 잘 쓴 글씨도 내려놓는다. 잘 정리된 규격화된 것에 세상의 이치가 있고 삶의 길이 있는 것 같지만 세상은 그런 것으로 돌아가지 않는다는 것을 시인은 깨닫는다. 그래서 이어지는 길은 "구불구불 울퉁불퉁 펼쳐지는 길/ 문마다 어깃장 놓는 행보"다. 시인은 틀을 벗어난 길의 불편을 인정하면서도, 마지막에 "스르르 문이 열린다"로 끝낸다. 억지로 문을 여는 게 아니라, 문이 스스로 열리게 두는 태도다. 낮은 목소리는 바로 이 '스르르'를 가능하게 한다.

「거짓 같군!」은 낮은 목소리의 결정체다. "비설거지를 하고/ 방금 비가 쏟아졌는데/ 달이 보이네/ 거짓 같군!" 딱 이만큼 말하고 멈춘다. 시는 설명을 늘리지 않는다. 대신 "달 사이에 걸친 구름이/ 도리도리하네"라는 한 장면으로 세계의 모순을 가볍게 흔들어 보여준다. 내려놓기의 고요는 바로 이런 데서 생긴다. 삶의 모순을 쉽게 해결해 버리려 하지 않고, 모순이 공존하는 순간을 담담히 바라본다.

「마음 한 곳에 있다는」에서도 낮은 목소리는 타자에 대한 사유로 이어진다. 침 맞는 할아버지가 "다른 나라의 언어로/ 또랑또랑 말씀"을 나누는 모습을, 시인은 해석하려 들지 않는다. 대신 "하늘과 땅이 마음 한 곳에 있다"라고 조용히 적는다. 누군가의 세계를 알아듣지 못함이 곧바로 배제나 차별이 되지 않게 하는 태도, 이해의 실패를 존중으로 바꾸는 태도가 여기에 들어 있다. 이것이 낮은 목소리의 깨달음이며 윤리다.

창문에 쿵, 받히는 소리가 나 밖을 내다보니 새 한 마리가 쓰러져 있다. 곧 일어나 날아가겠지 싶었는데 숨이 잦아들고 있었다. 뛰어나가 가슴에 손을 얹어 콩닥콩닥 호흡을 도와주니 눈에 생기 돌며 사방을 둘러본다. 괜찮은가 보다. 한데 내 손에서 떠나려 하지 않는다. 많이 아프고 놀랐을 것이다. 안마당 화단으로 데리고 가 살포시 앉혀놓고 들어온다. 한참 후에 나무 위로 날아올랐다.

오늘은 詩가 와서 기쁜 날이다.
—「새」 전문

이 시는 이 시집의 정조를 가장 선명하게 요약한다. 창문에 부딪혀 쓰러진 새를 살리고, 화자는 손을 얹어 "콩닥콩닥 호흡을 도와" 준다. 새는 "내 손에서 떠나려 하지" 않는다. 한 생명의 공포와 상처를 다루는 방식이 여기에도 낮게 깔려 있다. 그리고 마침내 "오늘은 詩가 와서 기

111

쁜 날이다."라고 쓴다. 시는 위대한 영감이 아니라, 한 생명을 살려낸 손의 온기에서 온다. 내려놓기의 행복이란 결국 이런 것이다. 거창한 깨달음이 아니라, 작은 생명을 놓치지 않는 마음에서 오는 기쁨이다.

6. 맺음말

김동임 시인의 『문글씨의 행보』는 내려놓기를 설교하지 않는다. 대신 내려놓기가 어떻게 고요와 행복으로 이어지는지를, 생활의 장면 속에서 반복해 보여준다. 이 시집에서 내려놓기는 포기나 체념으로 끝나지 않는다. 「길」이 말하듯, 삶은 "무르익고" 어느 순간 "툭, 벌어지는" 방식으로 열린다. 그때 필요한 것은 조급한 결단보다, 낮은 시선으로 일상을 건너는 태도이다.

또한 이 시집은 내려놓기가 개인 수양에만 머물지 않음을 분명히 한다. 「전지」에서 자식을 "멀리 내보내"는 결심, 「조가비」에서 관계를 "안전하게" 품고자 하는 바람, 「엄마와 귀뚜라미」에서 어머니의 땅을 상상하며 남은 이의 삶을 추슬러 가는 장면들은, 내려놓기가 곧 가족애의 실천임을 보여준다. 사랑은 집착과 종이 한 장 차이다. 김동임의 시는 그 차이를 일상의 언어로, 낮은 목소리로 가르친다. 마지막으로 이 시집의 가장 큰 성취는 '땅의 상상력'이다. 땅은 소유의 대상이 아니라, 삶을 다시 일으키는 힘이며, 상실을 품어 주는 저장고다. 물이 씻어 내리는 지혜라면, 땅은 버텨 주는 지혜이다. 김동임 시인은 물과 땅, 바람과 나무를 오가며, 내려놓기의 두 축을 세운다. 하나는 흘려보내는 힘이고 다른 하나는 지탱하는 힘이다.

그래서 이 시집 『문글씨의 행보』을 읽으면 우리는 다음을 깨닫게 된다. 내려놓기는 어떤 고상한 경지가 아니라, 매일의 마음을 덜어내는 일이며, 그 덜어냄이 만든 고요 속에서 우리는 비로소 가족이나 이웃을 더 안전하게 사랑하고, 사물을 더 정직하게 바라보고, 자신을 덜 함부로 다룰 수 있게 된다. 김동임 시인의 낮은 목소리는 그 사실을 크게 외치지 않는다. 그 대신, 조용히 문을 연다. "스르르 문이 열린다"는 마지막 한 줄처럼.

불교문예시인선 062

문글씨의 행보

초판 1쇄 발행　2026년 2월 17일

지은이　　　　김동임
발행인　　　　문병구
편 집　　　　채 들

발행처　　　　불교문예출판부
등록일　　　　2005년 6월 27일
등록번호　　　제312-2005-000016호
주　　소　　　10858 경기도 파주시 탄현면 새오리로427번길 68-32
전화번호　　　010-2642-3900
전자우편　　　bulmoonye@hanmail.net
배포처　　　　운주사 02-3672-7181

ISBN　　　　978-89-97276-85-1 (03810)
값　　　　　　12,000원